Para Moses Renee y Curtis Flood.—B.P.

A mis padres.—J.A.

BAPTISTE PAUL es un autor de álbumes ilustrados. Su primer libro para NorthSouth, *El campo*, recibió tres reseñas con estrella y ganó el premio Sonia Lynn Sander. También fue una selección del Junior Library Guild, y apareció en las listas de mejores libros del año Horn Book Fanfare Best of 2018, School Library Journal Best of 2018 y CCBC 2018 Choices. Baptiste ama los deportes, y le gusta tostar los granos de café él mismo, además de cocinar en la parrilla. Vive en Wisconsin con su familia.

JACQUELINE ALCÁNTARA es una ilustradora de libros infantiles. Su libro debut, *El campo*, recibió tres reseñas con estrella y ganó el premio Sonia Lynn Sander. También fue una selección del Junior Library Guild, y apareció en las listas de mejores libros del año Horn Book Fanfare Best of 2018, School Library Journal Best of 2018 y CCBC 2018 Choices. Los días favoritos para Jacqueline se pasan dibujando, pintando, escribiendo y paseando a su perro. Vive en Chicago.

Publicado originalmente en inglés en Estados Unidos, Gran Bretaña, Canadá, Australia y Nueva Zelanda en 2018 por NorthSouth Books, Inc., casa editora de NordSüd Verlag AG, CH-8050 Zürich,Suiza. Primera edición española en rústica publicada en Estados Unidos, Gran Bretaña, Canadá, Australia y Nueva Zelanda en 2021.

Distribuido en los Estados Unidos por NorthSouth Books, Inc., Nueva York 10016.

Hay disponible información de publicación en el catálogo de la Biblioteca del Congreso

ISBN: 978-0-7358-4460-5
Impreso en China, 2021
1 3 5 7 9 · 10 8 6 4 2
www.northsouth.com

MIXTO
Papel procedente de
fuentes responsables
FSC® C144853

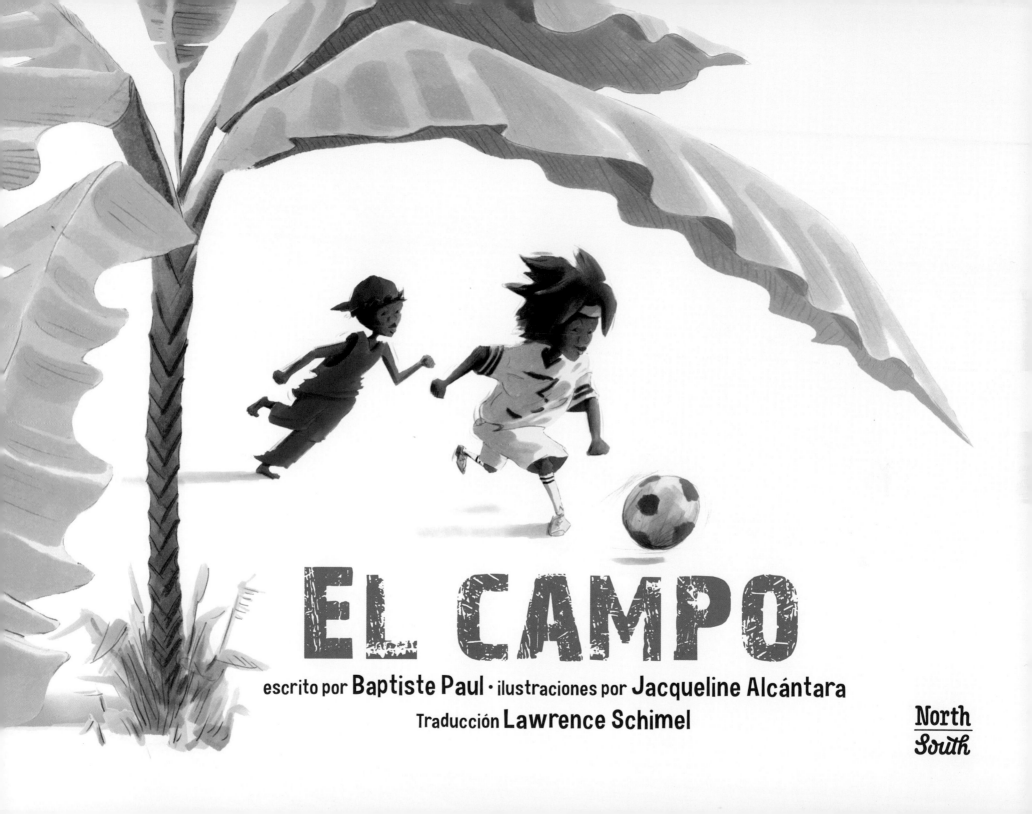

EL CAMPO

escrito por **Baptiste Paul** · ilustraciones por **Jacqueline Alcántara**
Traducción **Lawrence Schimel**

North South

Vini! ¡Vengan!
El campo nos llama.

Bol. Pelota.

Soulye. Zapatos.

Goal. Portería.

Ou. Ou. Ou. Tú y tú y tú.
Amigos contra amigos.

Annou ale! ¡Vámonos!

Vaya.

Las contraventanas se sacuden.
El sol se esconde.
El polvo araña.
Se cae el cielo.

Fini? ¿Se acabó?

La lluvia para.
El sol se asoma.

Un último chute.
regate, finta...

GOOOOOOOOOOOOOOOOOAL!

Chocar los cinco.
Golpear puños.
Placajes felices.

Llaman las madres.
Vini! ¡Vengan!

Seguimos jugando.

Vini, abwezan! ¡Vengan ahora!

El juego se para.

Las mamás fruncen los labios.

Zapatos empapados.
Camisetas manchadas.
Hijos embadurnados.
El campo destrozado.

Escondemos las sonrisas.
Entramos en la bañera.

Bonswè. Buenas noches.

Soñamos con *futbol*.
Soñamos con amigos.
Hasta que el campo nos llama de nuevo.

Nota del autor

De niño, no tenía electricidad, agua del grifo ni muchos juguetes. Lo que sí tenía eran muchos hermanos -nueve- y muchos amigos. La mayoría de mi tiempo libre lo pasé en un campo de fútbol, aprendiendo técnicas nuevas y, de vez en cuando, haciéndome daño. Cuando veo a mis hijos correr hacía fuera para jugar, me recuerda a mi niñez.

En *El campo*, los niños superan muchas barreras que amenazan con poner fin a su juego. En la vida, rara vez transcurren las cosas como planeamos, pero la manera en que seguimos jugando a pesar de las dificultades nos hace quienes somos. Hoy en día, aún se me eriza la piel al ver un partido de fútbol. Me vuelvo loco o, como diría mi hijo, "coo coo nuts" cuando mi equipo marca un ¡GOOOOOOL! Me encanta el concepto del juego: todos gritando vítores juntos, olvidando las dificultades que puede traer la vida.

El criollo es un idioma hablado por los habitantes de varias islas de las Antillas, incluyendo Haití, Santa Lucía y Dominica. En *El Campo*, verás que algunas de las palabras del criollo de Santa Lucía son muy parecidas a palabras en francés, inglés, hindi y otros idiomas, porque mucha gente que vive en la isla o habla o tuvo antepasados que hablaron estos idiomas.

Aún más increíble es el hecho de que la gente no suele escribir en criollo (normalmente solo se habla), siempre se añaden palabras nuevas y palabras antiguas se modifican o se olvidan. Es por esto que el criollo de cada isla suena un poco distinto.

Bibliografía (para la ortografía/acentuación del criollo de Santa Lucía)
Crosbie, Paul, et. al. *Kwéyòl Dictionary*. Editado por David Frank, 1a ed., Castries, Santa Lucía, Ministerio de Educación, Gobierno de Santa Lucía, 2001, www.saintluciancreole.dbfrank.net/dictionary/KweyolDictionary.pdf. Consultado el 31 de enero 2016.

Palabras y frases en criollo

Palabras criollas	Español
abwezan (ah-BWAY-zah)	Ahora mismo
Annou alé (An-OO-ah-LAY)	Vámonos
bol (BOWL)	Pelota
Bonswè (bone-SWAA)	Buenas noches
fini (FEE-nee)	Terminado/acabado
futbol (FUT-boll)	Fútbol
isi (EE-see)	Aquí
Mwen (MWAY)	Yo
Mwen byen (MWAY bee-EH)	Estoy bien.
Ou byen (OO-bee-EH)	¿Estás bien?
Ou ou ou (OO, oo, oo)	Tú y tú y tú
Shoo (SHOO)	¡Muévense! ¡Apártense!
soulye (SOOL-yee-ay)	Zapatos
Vini (VEE-nee)	Vengan
Vini abwézan (VEE-nee ah-BWAY-zah)	Vengan ahora mismo.